C'est moi qui lis

Le monde à l'envers

Une méthode de lecture inédite
racontée par Wilhelm Gruber
et illustrée par Marlies Rieper-Bastian

Traduction de Michelle Nikly

Éditions Nord-Sud

Loi n° 49-956 du 16 juillet 1949 sur les publications destinées à la jeunesse
Dépôt légal: 3e trimestre 1998
ISBN 3 314 21144 9

Table des matières

Agnès va à l'école

Depuis quelques semaines, Agnès va à la grande école. Elle est très fière de son nouveau cartable! Chaque jour, Maman l'attend à la sortie. Puis, ensemble, elles vont chercher Thomas, son petit frère, qui est encore à la maternelle.

Agnès raconte sa journée:
elle parle de la maîtresse
et de la classe.
Thomas l'écoute patiemment.
De temps en temps, Agnès
lui permet de porter un peu
son cartable. Il aime bien ça!
L'année prochaine, lui aussi
ira à l'école.
Mais très vite Agnès reprend
son cartable. Pour l'instant
c'est elle l'écolière, pas lui.

«À table!» appelle Maman.
Aujourd'hui, il y a le menu préféré d'Agnès: de la salade, des spaghettis avec de la viande hachée, et de la glace en dessert.

Dès qu'Agnès s'installe pour faire ses devoirs, Thomas vient s'asseoir près d'elle.
«Tu ne peux pas rester là», dit-elle.
«Et pourquoi ça?» s'étonne Thomas.
«Parce que je n'ai pas besoin de toi!»
«Mais avant, je pouvais bien m'asseoir à côté de toi!» poursuit Thomas.
«Avant c'était avant; maintenant, c'est autre chose!» répond Agnès.
«Elle doit travailler», explique Maman.

Thomas s’entête: «Et pourquoi
je ne pourrais pas rester à côté d’elle?»
«Parce que ça me dérange!» lance
Agnès en lui faisant signe de s’en aller.
Thomas insiste:
«Je pourrais apprendre en même temps
que toi, ce serait bien, non?»
«Ce qui serait surtout bien, c’est
que tu t’en ailles!» tranche Agnès.

Thomas se lève. Maman lui caresse les cheveux et prend sa place.
«Et moi, je me mets où?» demande Thomas.
«Toi, va voir là-bas si j'y suis!» répond Agnès.
«Ça, ce n'est pas toi qui l'as inventé! Papa le dit tout le temps. Et puis d'abord, ça ne va pas: on ne peut pas être là-bas quand on est ici», grogne Thomas en partant dans sa chambre.

Conseil de famille

Pourvu que Papa rentre bientôt,
pense Thomas, je vais tout lui raconter!
Maman fait toujours ça
quand il y a un problème.
En attendant, Thomas joue
avec son bateau-pirate.
Il tire avec le canon. Mais il faut
toujours le recharger, c'est fatigant!
Alors il décide d'écouter des cassettes.
Mais il les connaît toutes par cœur.

Finalement, Thomas va s'asseoir dehors pour attendre Papa. Je vais tout lui expliquer avant qu'Agnès puisse s'en mêler, se dit-il.
Ah! le voilà enfin! Il est allé faire les courses en sortant du bureau. Thomas l'aide à tout porter.

«Tu sais, Papa, Agnès…»
commence Thomas.
«Tiens-moi la porte, s'il te plaît»,
dit Papa.

Thomas doit attendre jusqu'au dîner.
Là, on parle enfin des devoirs.
«En quoi Thomas dérange-t-il
donc Agnès?» demande Papa.
«Il est assis tout près d'elle»,
répond Maman.
«C'est vrai, c'est un peu trop près...»
Papa réfléchit. Il se frotte le menton.
«Et si tu te mettais plutôt à ma place,
en face de ta sœur?»

Papa interroge Thomas du regard.
«À condition de ne pas la déranger, évidemment!» poursuit Papa.
«Bon, très bien, approuve Maman, nous allons essayer.»
Thomas est content.
Maman pose sa main sur l'épaule d'Agnès. «On lui donnera du papier et des crayons de couleur. Il dessinera et ne t'empêchera pas de travailler.»

Éric

De l'herbe verte

Le lendemain, Thomas s'assoit
donc à la place de Papa,
juste en face de sa sœur.
Agnès sort son livre et montre
les mots nouveaux à Maman.
Thomas dessine des nuages bleus
et un grand soleil jaune.
De temps à autre, il jette un coup d'œil
au livre et suit attentivement le doigt
d'Agnès qui souligne les mots.
Mais dès qu'elle lève la tête,
vite, il colorie de l'herbe.
«É r i c», lit lentement Agnès.
Thomas regarde bien les lettres
tout en répétant tout bas: «É r i c».
À côté du mot, il y a le portrait d'Éric.
Pour Thomas, il a la tête en bas.

Bientôt, Agnès lit une phrase entière:

Éric et Anna dessinent.

Son doigt suit chaque mot.
Thomas est toujours assis en face d'elle.
Il observe tout ce qu'elle fait
et déchiffre avec elle, mot à mot.

Éric et Anna dessinent.

Chaque jour, il y a une nouvelle page.
Thomas apprend ainsi tous les mots
nouveaux, exactement comme sa sœur.
Mais pour lui, les pages sont toujours
à l'envers. Et chaque fois qu'Agnès
le regarde, il dessine un soleil,
des nuages et de l'herbe,
des montagnes d'herbe verte.

Dès qu'Agnès a le dos tourné, il remet le livre à l'endroit et regarde les images. Il suit les mots avec son doigt. Mais dans ce sens-là, ils sont tout à fait différents. Thomas ne comprend plus rien. Alors, vite, il retourne le livre. Là, les images sont à l'envers, mais Thomas reconnaît les mots. Il commence en bas de la feuille et lit de droite à gauche:

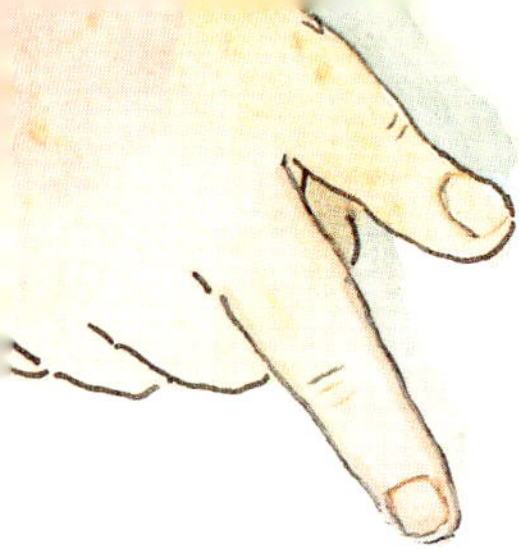

Éric, Anna et Lucie
jouent dans la cour.
Ils lancent
la balle.

Éric	Anna	Lucie	cour

Plus tard, Thomas va faire les courses
avec Maman, et ils s'arrêtent
au kiosque à journaux.
Thomas feuillette les magazines
et regarde les images.
Mais pour pouvoir lire, il retourne
les journaux puis les repose comme ça
sur le présentoir, la tête en bas.
Le marchand secoue la tête et les remet
tous comme il faut, la tête en haut.

JOURNAUX

AGNES

Thomas fait le poirier

Au fil des jours, Agnès a lu beaucoup de pages, et Thomas est toujours resté assis en face d'elle. Il a fait tant de dessins que son crayon vert est minuscule à force d'avoir été taillé.

Un jour, Agnès va chercher Thomas toute seule à la maternelle. En rentrant, ils passent devant la camionnette d'un peintre. Agnès lit et éclate de rire.

«Pourquoi tu ris? demande Thomas, curieux. Qu'est-ce qu'il y a d'écrit?»

«Je ne te le dirai pas», s'écrie Agnès en se sauvant.

Thomas penche la tête, mais il n'arrive pas à déchiffrer les lettres.

«Méchante!» hurle-t-il.

Seuls les fut
Le roi du
c'est
MA

LA CASSE OU LA CASQUE!
HAPP
Les bonnes croquettes

Thomas essaie de faire le poirier, mais il bascule. Que peut-il bien y avoir d'écrit qui fasse autant rire Agnès?

Les lettres ont-elles une tête?

De temps en temps, Agnès bute sur un mot et s'arrête. Thomas regarde attentivement et lui souffle. «J'en ai assez, Thomas n'arrête pas de me déranger», se plaint Agnès. «C'est pas vrai, se défend son petit frère, j'essaie juste de l'aider quand elle n'arrive pas à lire!» «Et toi tu y arrives?» demande Maman. Thomas ne veut rien dire. Alors Agnès répond pour lui: «Bien sûr que non!» «Si! s'écrie Thomas. Et même mieux que toi!»

Agnès ne se laisse pas faire.
Elle retourne son livre et le pousse sous le nez de Thomas.
«Allez, vas-y!» dit-elle.
Thomas prend une page et lit:
«Éric et Anna dessinent.»
«Ça, c'est pour les bébés, dit Agnès.
C'est le début du livre! Il reconnaît les images. Et puis il ne lit pas: il sait les mots par cœur!»
Elle choisit une autre page.

«Des phrases sans images maintenant!»
Thomas retourne le livre, la tête en bas,
tel qu'il le voit d'habitude.
Il pose son doigt sous chaque mot
et lit à sa façon: de droite à gauche.
«Où est le ballon?
Le ballon est
sur le toit.»

«Ça suffit, tricheur!» crie Agnès.
«Mais je ne triche pas, je sais lire!»
Maman, qui arrose les fleurs,
lève les yeux, stupéfaite.
Puis elle se dépêche de poser
l'arrosoir et se penche
par-dessus l'épaule de Thomas:
«Mais... tu tiens ton livre à l'envers!»
«Comment ça, à l'envers? demande
Thomas. Je peux bien le tenir
comme je veux!»

«Les lettres doivent avoir la tête
en haut!» explique Maman.
«Les lettres n'ont pas de tête»,
répond Thomas.

À la gare

Mamie Lucie, qui habite à Strasbourg,
va venir passer quelques jours
chez Thomas et Agnès.
Tous les deux aident à faire
le ménage de fond en comble.
Thomas a même préparé
une pancarte pour l'accueillir.

Papa est déjà prêt et surveille l'heure. «Qui vient avec moi à la gare chercher Mamie?» Évidemment, tout le monde veut y aller. «Minute! s'écrie Thomas, je dois encore accrocher la pancarte!» Agnès et ses parents attendent impatiemment dans la voiture qu'il ait fini. À la gare, il leur faut encore attendre un peu, car le train a du retard.

Ils se rendent sur le quai.
Papa regarde le panneau d'affichage,
près de l'horloge, et vérifie
la destination du train.

«Mamie Lucie vient de Strasbourg.
Où le train va-t-il aller ensuite?»
demande Papa.
«Demande donc à Thomas,
dit Agnès. Il sait lire. Soi-disant!»
Thomas regarde le panneau.

«Essaie donc de le retourner!»
propose Agnès en ricanant.
Tout d'abord, Thomas est perplexe.
Puis il recule de quelques pas
et étale son blouson sur le quai,
au pied du poteau.
Ensuite il s'accroupit, pose la tête
et les mains par terre, prend son élan
et lance ses jambes en l'air.

VOIE
2
Lyon

Maintenant il sait faire le poirier:
il a appris à la maternelle.
Thomas commence à lire le mot écrit
en gros caractères:
« M U L H O U S E ».
Puis les noms des autres villes,
en caractères plus petits:
« B e l f o r t, B e s a n ç o n,
M â c o n, L y . . . »
Là, il dégringole.
Papa est abasourdi: «Mais tu sais lire!»
«Sur la tête seulement», dit Agnès.
Maman tire Thomas
par le col de sa chemise.
Le train entre en gare.
Et Mamie Lucie en descend.

Les enfants d'Automaticville

À la maison, Mamie Lucie sourit en essayant de lire la pancarte de Thomas, collée sur la porte. Une fois rentrée, elle ouvre aussitôt sa valise. Pour Thomas, elle a apporté un bloc à dessin et des crayons de couleur. Il y en a même un vert! Et pour sa sœur, un livre: «Les enfants d'Automaticville».

«Tu sais lire, maintenant!»
dit-elle à Agnès en lui montrant
les grosses lettres.
«Merci, Mamie», répond Agnès
en le feuilletant.
Puis elle le dépose sur la table.

Thomas prend le livre.
Il essaie de le lire, à sa façon. Mamie le regarde faire par-dessus son épaule.
«Tu ne crois pas qu'il vaudrait mieux le retourner? demande-t-elle.
Comme ça, tout est à l'envers, comme sur ta pancarte.»
Thomas rougit de honte.
Il referme le livre.

Après le dîner, Agnès prend son nouveau livre et commence à lire à voix haute pour Mamie. Thomas est assis en face d'elle. «Automaticville est une cité merveilleuse. Là, tout marche tout seul. À l'école, les enfants ont des stylos automatiques avec…» Agnès bute: les mots suivants sont difficiles. Elle essaie tout bas. «… avec une propulsion à hélice et une télécommande», lit Thomas à sa place. Agnès lui lance un regard furieux. Elle voudrait continuer, mais Mamie Lucie demande à Thomas: «Tu connais ce livre?»

Thomas secoue la tête.
«Alors comment sais-tu
ce qu'il raconte?»
Thomas hausse les épaules,
mais Mamie veut absolument savoir.
«Où est écrit ce que tu viens de lire,
montre-moi!»
«Là», dit Thomas. Il montre du doigt:
«propulsion à hélice et télécommande».
«Et où as-tu appris à lire comme ça,
tout à l'envers, la tête en bas?»
Thomas a honte, il veut s'en aller,
mais Mamie le retient.

Le monde à l'endroit

«Stop! dit Mamie Lucie
en lui montrant le livre. On va faire
comme à Automaticville! Là-bas,
tout est automatique: tout a une tête
et des pieds. Tout, même les lettres.
Leur tête est en haut,
et leurs pieds sont en bas.»

«Pour de vrai?» demande Thomas.
«Pour de vrai, affirme Mamie Lucie.
Les lettres arrivent en trottinant
et disent: “Je suis le A! Je suis le B!
Et moi le D! Et quand tu nous connais,
tu sais lire. C’est automatique!”»
Thomas est stupéfait.
«Je vais t’acheter un gros cahier,
dit Mamie. On prendra tes crayons
de couleur et on dessinera une tête
et des pieds sur la couverture.»
Elle poursuit sur sa lancée:
«Et on fera la même chose sur le livre
d’Agnès. Comme ça tu sauras toujours
où est le haut et où est le bas.»

«Et dans ce cahier, poursuit Mamie,
on écrira tous les mots qui sont
dans le livre de lecture d'Agnès.
Toujours avec une tête et des pieds.
Et tu ne pourras les lire
que s'ils ont bien les pieds par terre.»
Mamie Lucie sourit.
«Et bientôt, tu sauras lire
à l'endroit!» dit Maman.
«À l'endroit et à l'envers»,
corrige Thomas.

«Oh, le petit futé!» dit Agnès.
«Exactement! Et seuls les futés savent que le roi du pinceau, c'est Manolo.»
«Bon, je crois que je vais apprendre à lire la tête en bas...» soupire Agnès.
Toute la famille éclate de rire.

À propos de l'auteur

Wilhelm Gruber est né en Allemagne en 1950, dans un petit village que longe une rivière. Étant enfant, il aimait par-dessus tout jouer au foot, construire des cabanes dans les arbres et pêcher à la ligne. Mais cela ne l'a pas empêché d'aller à l'école – et même d'y rester puisqu'il est devenu enseignant. Il habite aujourd'hui à Münster avec sa famille. Un jour, il a commencé à inventer des histoires. Et il est ravi de voir qu'elles amusent les autres, même s'ils doivent pour cela mettre la tête en bas.

À propos de l'illustratrice

Marlies Rieper-Bastian est née
près de Bielefeld en Allemagne.
Depuis sa plus tendre enfance, elle aime
peindre et dessiner, et cette occupation
favorite a fini par devenir son métier:
elle illustre aujourd'hui des albums
pour enfants et des manuels scolaires.
Elle vit à Brunswick avec son mari
et son chien dont elle glisse souvent
le portrait dans ses livres. Il suffit
d'ouvrir l'œil pour les trouver.

1 - Burny Bos / Hans de Beer
Famille Taupe-Tatin –
Ce n'est pas de la tarte!

2 - M. Busser & R. Schröder / H. de Beer
Papa Vapeur et la camionnette rouge

3 - Wolfram Hänel / Christa Unzner
Romuald et Julienne

4 - Gerda Wagener / Uli Waas
Il faut sauver la souris

5 - Krista Ruepp / Ulrike Heyne
Le cavalier de la nuit

6 - Ingrid Uebe / Alex de Wolf
Mélinda et la Sorcière des mers

7 - Burny Bos / Hans de Beer
Famille Taupe-Tatin - Tout va bien!

8 - Ursel Scheffler / Iskender Gider
Rinaldo fait les 400 coups

9 - Uli Waas
Lola a disparu

10 - Wolfram Hänel / Christa Unzner
Anna Nas,
une nouvelle pas comme les autres

11 - W. Kreye / J.-P. Corderoc'h
Le paysan et les brigands

12 - M. Busser & R. Schröder / H. de Beer
Le roi Bedon

13 - Wolfram Hänel / Alex de Wolf
Benjamin s'est égaré

14 - H. Krekeler / M. Rieper-Bastian
Jacquobarjoville

15 - Wolfram Hänel / Alan Marks
Balade irlandaise

16 - Burny Bos / Hans de Beer
Famille Taupe-Tatin -
Toujours plus haut!

17 - G.-M. Scheidl / C. Unzner
Loretta et la petite Fée

18 - W. Hänel / J.-P. Corderoc'h
L'ours et le pêcheur

19 - W. Hänel / J.-P. Corderoc'h
La famille ours

20 - Ursel Scheffler / Iskender Gider
Rinaldo fait encore des siennes

21 - Jürgen Lassig / Uli Waas
À la recherche de Nino-Dino

22 - Wolfram Hänel / Kirsten Höcker
Mia, le petit chat de la plage

23 - H. Krekeler / M. Rieper-Bastian
Colin-Maillard à Jacquobarjoville

24 - Wolfram Hänel / Alex de Wolf
Laura et le Dinosaure couleur
d'arc-en-ciel

25 - Ursel Scheffler / Christa Unzner
Un espion sous les toits

26 - Antonie Schneider / Uli Waas
L'invité-surprise

27 - Katja Reider / Angela von Roehl
Ras le pompon!